POEMAS DE YONG-TAE MIN

민용태 시선

POEMAS DE YONG-TAE MIN

민용태 시선

민용태 시집

문학시티

시인의 말

이것이 나의 첫 번째 한국어-스페인어 대역 시집이다. "대역 시집"이라기보다는 같은 영감에서 빚어진 스페인어 창작시, 한국어 창작시를 함께 실은 것. 민용태는 물론 한국 시인이다. 스페인에 오래 있다 보니 우연한 기회에 스페인어 시인이 되었다. 그러나 시작이 원래 언어와 밀접한 밀월 관계의 산물이다 보니, 이 말 저 말 시인의 시의 맛은 같으면서 상당히 다르기 마련이다.

이 작은 시선은 "제16차 스페인어권 한림원 연합회" (XVII Congreso de la Asociación de Academias de la Lengua Española) 주최 "세비야 시발표회(El turno de poesía,5 de noviembre de 2019)"의 초청을 받아 낭독용으로 작성된 것. 같은 달 7일에는 "스페인 작가 예술인협회(Asociacíon de Escrotores y Artistas españoles)" 초청으로 다시 마드리드에서 시낭독을 할 예정이다.

2019년 가을
민용태

|차례|

FABULA 우화 寓話

TIERRA AZUL 푸른 대지

LOS AMOROSOS 사랑의 시

FABULA

Es oso la mitad de mi sangre.
Es tigre la otra mitad.

Soy la muerte de esta tierra,
soy la tierra.
Mi sangre corre y corre
a convertirse en la mar nocturna que se agita,
aquella mar
que se ha venido estrellando años, años
contra los precipicios,
aquella mar es la mía.

Sobre el tronco caído
brotan nuevas hojas.
Sobre las hojas marchitas
florecen los hongos.
Sobre los hongos muertos
sopla el viento.
Al pie del viento caído
la tierra abre sus ojos.

Yo sé
que continuaré
que seguiré floreciendo.
Subo arrastrándome
y mi sangre, manando potente,
me da fuerza para levantar los diez dedos,
los diez dedos para cubrirme la cara.
Yo sigo subiendo
esta interminable escalera que baja,
esta interminable escalera que sube...

우화

내 피의 절반은 곰일세
내 피의 절반은 호랑일세

나는 이 땅의 죽음
나는 흙이다

내 피는 흘러 흘러
일렁이는 밤바다
벼랑에 부딪혀
즈믄 해를 거듭해온
저 바다는 나의 것이다

쓰러진 나무둥치에
싹은 터 오르고
시들은 싹 위에
곰팡이는 피고
죽은 곰팡이 위에
바람은 일고
떨어진 바람 끝에
흙은 눈 뜨고

나는 알고 있다
나는 이어가리라
나는 피어나리라

나는 기어오른다
내 피는 뻗어 열 손가락
열 손가락으로 앞을 막고
나는 올라간다
이 끝없는 낙하의 층계를
이 끝없는 상승의 층계를

EN FAVOR DE LA ARMONÍA

Con todo el entusiasmo andan mis pies.
Con toda la fuerza se mueven mis brazos.
Con toda la energía palpita mi corazón.
Estos constituyen una maravillosa armonía.
Pero, ¿qué es esto?
¿De dónde viene este olor que hiede?
Me paro en el camino.
Antes de mis cinco años
ya distinguía lo mío de lo tuyo,
ya distinguía mi lengua,
lo dulce de lo agrio. Y, fuera de esto,

yo, de verdad, no conocía nada.
Fue mi madre
la que me llevó de un salto
al refugio bajo tierra.
Arriba, se hundía el cielo
desgarrado por el bombardeo.
Yo, sintiéndome a punto de ahogarme
quise llorar, tal vez gritar.

De golpe me tapó la boca mi madre.
Y yo,
con mis propias manos
me apreté la garganta.

Me gustaba la montaña
que era verde.
Me gustaba la fresa silvestre
que era dulce.
Me apresuré a acercarme debajo de un fresal
el de de las frutas más ricas...
Luego, no puedo decir más:
no me gustó la fresa. Y después

jugábamos con los cascos de bala.
Nos regocijábamos de sorprender a la gente
con nuestros fusiles de juguete,
que ya eran capaces de matar
a un hombre.

Lamenta aún mi padre
el libro
que ha perdido durante la guerra.
Gracias a ésta, yo conocí
cuán interesantes son las películas del Oeste.

Vi a la muerte.
Aprendí cómo vivir
matándome a mí
por no poder morir.
Aprendí cómo seguir vivo
moviendo a la muerte.

Ahora encuentro una parte podrida
en mi cuerpo.
Yo me la corto sin más
y la entierro.
Siempre que la encuentro crecida,
la vuelvo a cortar.

Y estoy
terriblemente sano,
porque andan mis pies con todo el entusiasmo,
porque se mueven mis brazos con toda la fuerza,
porque palpita mi corazón con toda la energía.

하모니를 위하여

내 발은 열심히 걷고 있다
내 팔은 열심히 흔들린다
내 심장은 열심히 뛰고 있다
이들은 기막힌 하모니를 이룬다
그런데 뭔가?
어딘지 형편없이 썩은 게 있다
어딘가 묻지 않고 놓아둔 게 있다
나는 가던 길을 멈춘다

나이 다섯 안팎에
내 것 네 것을 알았다
그때 벌써
내 입은 쓴 것 단 것을 구별했다. 그 밖에
진짜 나는 아무것도 몰랐다
무작정 방공호로 끌고 들어간 것은 어머니였다
밖에는 우르릉 쾅쾅…

나는 숨이 막혀 울려고 했다
그때 내 목을 쥔 건 어머니였다
나는 내 손으로 내 입을 막았다
산은 푸르러서 좋았다
딸기는 달콤해서 좋았다
온 산에 벌겋게 익은 산딸기, 그 중에
제일 빨간 딸기나무 밑을 기어 들어갔다
그 뒤는 모른다

나는 딸기가 싫었다. 그 후 우리는 주로
탄피치기를 하며 놀았다.
탄피 모가지를 돌로 오그라뜨리면
명중률은 훨씬 좋았다
제대로 생긴 탄피는 하나도 없었다
그날 수확으로 나는 늘 흐뭇했다

아버지는 사변통에
책을 다 잃어버렸다고 한숨이시다
나는 사변 후에
서부활극의 재미를 알았다

나는 죽음을 보았다.
죽을 수는 없기에
나를 죽이고 사는 법을 배웠다
죽음을 움직여 삶으로 이어가는 법을 배웠다.

나는 내 몸에 썩은 부분을 발견한다
썩은 부분은 잘라서 묻는다
길어오르면 자르고 길어오르면 자르고… 그때마다
시간은 좀 소비하지만 나는 무섭게 건강하다
내 발은 열심히 걷고 있다
내 팔은 열심히 흔들린다
내 심장은 열심히 뛰고 있다

GRITO EN EL CREPÚSCULO

Tiene que haber Dios
allí en la batalla,
donde matan a los hombres
los hombres por los hombres:
Aquellos ojos despavoridos,
con que apuntan a los enemigos,
aquellas manos paralizadas
con que agarran los fusiles...
Para rectificar
aquellos cañones del tirador
temblantes,
Dios tiene que existir.

La justicia americana
nunca remuerde
la justicia soviética.
La mentira ortodoxa
nunca remuerde
la mentira heterodoxa.
El día y la noche

se engañan, se pelean, se matan
y se perdonan,
y nos quedamos siempre hacia el infinito crepúsculo.

Mirad el cielo del crepúsculo
donde cultivamos nuestra vaga esperanza.
Mirad cómo sangra quebrantada
nuestra ansiada paz.
De este doloroso paisaje
ni un paso retrocedemos.

Mover, chocar, chispear...
La perforadora taladra la roca.
Caer, romper, irisar...
La catarata sigue.
Desde las cabezas
se nos despellejan todas las ornamentaciones.
Sale ensangrentada
la nueva vida nuestra

desgarrando la carne llena de sangre.

Es hora de marcharnos
cargando con nuestra destrucción
Es hora de criar
intensamente verde
el llanto que estalla.

Tiene que haber Dios
aquí en este combate,
donde nos apostamos la vida
porque todos tenemos que vivir.
Tiene que existir
Dios
aquí en nuestra vida,

para tocar las campanas
por los muertos
por los vivos:
para que los muertos no vuelvan a resucitar,

para que los vivos no quieran morir,
y para avisar a aquellos que aún no han nacido
de que les esperan siempre limpias cunas.

황혼의 절규

신은 있어야겠습니다
인간이 인간을 위해 인간을 죽이는 곳에
내가 나를 위해 나를 죽이는 곳에
떨리는 사수의 총열을 바로 잡아줄 신은 있어야겠습니다

러시아의 정의는 아메리카의 정의를 반성시킬 수 없습니다
이단의 진리는 정교의 진리를 반성시킬 수 없습니다
세계의 낮과 밤을 합치면
우리는 항상 황혼입니다
빛과 어둠은
서로 싸우고 속이고 죽이고 용서하고
우리의 하늘엔
늘 노을이 무르익어 갑니다
이 아름다운 우리의 지구별을
우리는 한시도 떠날 수가 없습니다

움직입니다. 부딪칩니다. 불꽃을 튀깁니다.
착암기가 바위를 뚫어갑니다
떨어집니다. 깨어집니다. 쏟아집니다
폭포가 쏟아지고 있습니다
여기 살아있는 한 움큼의 파괴를 움직여

우리는 우리의 산 역사를 구축해 갈 것입니다
육체가 육체를 파고드는 우리의 침심
핏덩이가 핏덩이를 째고 나오는 우리의 산실에
폭발하는 울음을 푸르게 가꾸어 나갈
신은 있어야겠습니다

여기, 뼈가 살을 저버릴 수 없는 싸움터
모두가 옳고 모두가 살아가겠기에
목숨을 건 총부리 위에
죽은 자를 위하여도 산 자를 위하여도
종을 울려줄 신은 있어야겠습니다
죽은 자는 다시 살아 돌아오지 않도록
산 자는 다시 죽고 싶지 않도록
아직 태어나지 않은 자들에겐
항상 깨끗한 보금자리가 기다리고 있다고
우렁차게 우렁차게 종을 울려 줄

YO NO CANTO

Yo no canto
Soy de la tierra
donde los pájaros lloran
Yo no lloro
Se han fusilado los pájaros

나는 노래하지 않는다

나는 노래하지 않는다
내 고향에서는
새들이 운다
나는 울지 않는다
모든 새들은 총살당했다

EGOÍSTA

Lo que era del aire
lo que era del agua
lo que era del barro.

Yo, inquilino de lo que era,
vecino de lo que se es
y parásito en el árbol.

에고이스트

바람이었던 것
물이었던 것
흙이었던 것
이었던 것의 이웃
인 것의 셋방살이
나무에 붙은 기생충

¿QUIÉN SE PREOCUPA?

¿Quién se preocupa de la estela?
Cruzar un río
es hacerse pájaro.
Volar,
mecerse en el azar, en su columpio,
subir,
estremecerse
por lo alto que te encuentras
sobre la delgada torre del aire.

누가 걱정?

물길 발길을 누가 걱정?
강 건너기는
새가 되기
날아 날아
인연의 그네 타고 흔들려
올라 올라가 높이 높이
마침내 아슬한 대기 끝
너의 발, 너
너의 그 무지개 빛 경악!

EL SÉPTIMO DÍA

¡Qué poco valgo
para hacer pájaros
de papel!
El séptimo es mi día: toda la tarde
en el monte, mirando los pájaros
hechos.

Un minuto antes de mi impaciencia
llega la primavera,
el otoño,
y hasta el invierno.
Un sorbo solamente antes de mi propio abismo.

El séptimo es mi día:
tendido gozoso en la tierra
con mis cabellos y las hierbas que mueve el aire,
atiendo en silencio el despegue de una chispa
que vuela desde mí, haciéndose estrella.
La estrella son estrellas
y luego, nebulosa
en la vía láctea.

제7요일

종이 새
만들기, 시 쓰기
참 힘들다!
제7요일은 온종일 산에서
새들을 바라본다
이미, 만들어진 새들

발버둥치지 않아도
봄은 온다
가을이 온다
기다리다 죽지 않아도
첫눈은 온다

제7요일이 나의 생일
대지에 누워 있으면
파랗게 풀이며 나의 머리칼이 돋고
불꽃 하나 조용하게 나에게서 날아가는 것을 본다
별은 하나가 아니다
온 하늘 은하수

RANA VERDE

El rayo
saca un filo
golpea la retina
Salta
un día
        rana verde
en el río turbio de ayer y del sueño

청개구리 만세

햇살이
칼날 하나 빼어
동공을 친다
팔딱
하루가 뛴다
청개구리
어제와 꿈 사이 흐린 강에서

HABLAN LAS OLAS AL MAR

Mar, no pienses en serio profundamente

Con todo, no vas a salir vivo

¡Ah,ahí ahí sale la luna, luna llena!

파도가 바다에게

바다야, 너무 깊게 생각하지 마
어차피 살아서는 못 나와
아, 달, 달 떴다!

HUMOR QUEVEDEZCO

La vida es
un paquetito
que le envía la comadrona al sepulturero

Ya envuelto en un pañal,ya en una mortaja
todo es igual,todo vacío
o un hazmereir o una hoja del árbol,trérmula

스페인 식 유모어

인생은
산부인과 의사가 장의사에게 보내는
작은 소포

기저귀에 싸거나 수의에 싸거나
비어 있기는 마찬가지
그냥 웃기는 먼지나, 떨어지는 떨고 있는 나무 이파리 같은

PÁJARO

EL pájaro no es una raíz.
Es una hoja.
Es así feliz en cualquier rama
dibujando pentagramas
con el arco iris.

Sin embargo, el pájaro
tiene la raíz.
Lo que no tiene es el tronco.
Es así libre en el aire
pez en las aguas del cielo.

El pájaro es el ensueño del árbol.
Es una rama que vuela,
casi una hoja.
En el otoño, no todas las hojas
se encuentran caídas en la tierra.

새

새는 뿌리가 아니다
새는 이파리
그래서 새는 어느 잎가지에서도
행복하다, 무지개로
악보를 그리며

하지만 새는
뿌리가 있다
없는 것은 둥치
그래서 대기에서도 자유로이
하늘에서 헤엄치는 물고기

새는 나무의 꿈
날으는 잎가지
거의 이파리 같은
하지만 가을에 모든 이파리가
땅에 떨어지는 것은 아니다

MEDITACIÓN SOBRE MIS PLUMAS

A vuelapluma
hago volar mis ensueños
y mis días.
Ya no soy pájaro ni joven;
zapatos desplumados
en mi despacho.

Ya mis plumas se han convertido en mi pluma,
lugar fijo, trabajo conseguido: escritor.
Ya mi pluma o plumero no sirve
más que para quitar el polvo de los muebles
y del asfalto,
asalto constante de mi aire, ya legendario.

En fin ha llegado la hora de la venganza:
ya no escribo con mi pluma:
uso bolígrafos o bola
o computadora como la que estoy manejando ahora.

Y cuando alguna vez escribo con la pluma
escribo siempre a vuelapluma
para que así sienta vértigo mi pluma
hasta caer en su lugar de origen verde y azul.

나의 날개에 대한 명상

붓을 날린다
새털 같은 날에
붓을 날린다
새털 같은 날에
새털을 날리는 것은
날과 글이 함께 날으는 이치
해 나면 맨발로 뛰고
해 지면 늑장을 부리고
달 뜨면 또 한 잔 기울이면서
그렇지 않소, 이 태백님?
붓을 날린다
멈추면 떨어지고
고이면 썩는 마음
찌푸린 이마에 힘준 어깨에
똥이나 깔기며
붓이 날은다
이름도 날리고
재산도 날리고

무지개도 날리고
푸른 허공에 둥둥 떠가는 나의 글
구름은 또다시 백지다

PAISAJE DEBIDO A TI

Quizá
un relámpago extraño que caduca
o un rayo caído o un simple hilo de luz
arrastrando a flor de tierra.

Sin embargo, es
una cuerda tenaz que fulmina,
lúcida a veces,
llamando a la ventana de tu estancia;
por ejemplo: como aquella tarde
cuando un retrato antiguo de tu abuelo
te daba un susto, descubriéndote
su nariz. Tu nariz.

Una nariz sigue,
una voz sigue,
sigue un beso,
sigues tú, allí,
sobre la cuerda
milagrosamente tirada al vacío,

milagrosamente prolongada
a caballo de olas y de muertes.

Milagro:
sí, algo pasa, una mano
de algo te ara
con su amor irresistible,
siembra nudos, brotes
y espinas de rosa,
algo como una noche nevada
de esas que obligaron a alguno de tus
antepasados
a pasar la noche con una ventera montañesa,
algo como aquel guiñar leve de un candil
que indujo a tu padre
a conocer a esa chica de ojos exóticos.

La noche no tiene los ojos.
La montaña no tiene los brazos.
La estrella no tiene la boca.

Sólo son las miradas suaves, sin ojos,
calor tenue, sin brazos,
besos, besos sin boca...

Geometría sutil de huellas
que juegan en tu cuerpo;
paisaje lleno de senderos borrados
por donde apenas llegan tus sueños.
Con todo, tú solo libre,
rodeado de las oraciones infinitas del universo,
estás ensayando un vuelo
en lo alto de tu cuerda luminosa.

너의 풍경

어쩌면
번개
보다는 빛
땅 위를 기어가는
빛줄기 하나

빛줄기보다는
핏줄, 핏줄보다는 밧줄
그 긴 긴 질긴 목소리
그러니까
그것은 할아버지의 납작코 같은
(생각나? 빛바랜 할아버지 사진에서 발견한 100여 년 전의 너의 납작코?)

하나의 코는 이어간다
하나의 눈은 이어간다
하나의 입맞춤은 이어간다
거기 붙어 네가 이어간다
그 많은 죽음의 파도를 타고
아슬 아슬 기적처럼

기적

그렇다, 무언가 일어나고 있다
무언가의 손이
끈질긴 사랑으로
씨를 뿌리고
싹을 틔우고
촛불의 심지를 돋운다

밤은 눈이 없다
별은 입이 없다
눈이 없는 눈맞춤
입이 없는 입맞춤
가슴이 없는 포옹

그렇다
너의 몸뚱아리는
몸통 없는 그림자의 발자취
꿈조차 이를 길 없는
미로 속의 풍경

너는
여기 이 자리
이 빛줄기 위 높이 올라서서
또 한 번
기찬 비약을 시도한다

PUEBLO

Vuelvo al pueblo
Vuelvo al polvo de los ensueños
adonde la enredaderas siguen escarbando los muros
invitando a jugar con los dedos muertos.
En la plaza gira el tiovivo de nostalgia sin niños
Mi casa ya no es mi casa:
Cómo puede haber una casa sin madre
ni padre que tarda en llegar
Mis parientes se han vuelto vecinos del cementarlo
y no saben hablar más que por la boca de las hierbas
Y éstas dicen que la primavera ha llegado
El niño perdido no entiende nada
se desploma llorando en el campo.
Un anciano lo está mirando piadosamente.

고향 무정

이미 아이가 아닌 나이
나이테 이마에 달고
고향에 돌아오면
이미 돌아간 사람들이 많다
돌담에는 담쟁이 덩쿨보다 앙상한 손가락들이
붙어있다. 제기풀을 뜯던 나의 손가락도
죽은 동생의 장난기 섞인 웃음도 붙어있다
돌아간 어머니 아버지는 언제 돌아오나
재너머 먹구름만 너울너울
길 잃은 아이 하나 길바닥에 주저앉아 울고 있다
노인 하나 물끄러미 우는 아이를 바라본다

PAPEL DE SEDA

Una hoja de papel
nos protege del frío,
porque nuestra ventana
no es más que una hoja de papel de seda.
Es vulnerable a las lágrimas.
Se deshace el corazón al contacto del rocío más ligero.
Pero en el papel de seda
se entrevén unos musculillos de las hierbas:
se hunde, pero no se rompe.
Más bien, sube sobre el palanquín de luto
hecho flor: se hace bandera y grito.
Hermana del aire,
alma de Corea.

Cinco mil años de historia
no han tenido por escudo más
que una hoja de papel de seda.

창호지

우리의 내부와 외부를 가르는 것은
이 얇다란 종이 하나
북풍이 칼을 휘둘러도
우리는 이 창호지 하나를 방패로
겨울을 난다
구름의 포를 뜬 창호지는
그러나 작은 바람결에도 곧잘 약하게 운다
실은 창지는 눈물에 약하다
작은 눈물 바람에도 가슴이 허문다
푸른 하늘에 연이 되고 싶었을까
고명한 선비의 붓끝에
영생을 얻고 싶었을까
창지에는 연한 풀잎의 힘줄이 드러나 보인다
갈기갈기 찢기울지언정
부서지지 않는다
차라리 상여 위에 꽃으로 필지언정
그 자리에서 깨어지지 않는다
깨어지기보다는 오히려 깃발이 되어
펄럭이며 소리치는
실은 대기의 사촌쯤 되는

우리네 하얀 마음
너와 나의 등불을 지키는 것도
실은 이 얇다란 창호지 하나다

MI PUEBLO DE LOS DÓLMENES

A las piedras, se les toma cariño con el tiempo
sobre todo, a los dólmenes de mi pueblo:
les salen los musgos y las neblinas de mi infancia
y parezco un fantasma milenario
cuando me tiendo sobre el dolmen de mi casa paternal
donde jugábamos al escondite.

La verdad, se ha descubierto que no había ningún esqueleto neolítico
sino un cráneo de una persona antigua cualquiera.
Sólo que las mandíbulas eran tan fuertes
que eran tan capaces de matar a un dinosaurio de un mordisco
Y que bien podrían ser de unos antepasados viejos nuestros

La gente del pueblo ha envejecido de un viaje diez mil años
por encontrar mil dólmenes milenarios
y por no encontrar ninguna piedra de interés turístico
excepto unas piedras donde tenían dibujadas unas sonrisas
de las mujeres ignotas, un poco quebradas por el borde de la boca

Tengo cariño de las piedras, me tiendo tranquilamente
sobre el dolmen de mis antepasados milenarios
me siento feliz hasta no sentirme feliz ni infeliz siquiera.
Pronto veo bajar las nubes y el cielo
invitándome a una copa o la luna llena.

고인돌

돌과 물의 고향 화순 청풍에 내려오면
시냇물이 하늘을 싸고 흐른다
상추 쌈하듯 시냇물이 하늘을 싸서 나에게 한입 권한다

서울에서는 귀청을 찢던 물소리가
자동차 소리보다 빠르던 물소리가
여기서는 그냥 들판에 드러누워
손바닥을 위로하고 상추쌈 한다

누워서 떡먹기, 여기서 산다는 것은
물은 돌과 함께 누워, 세월은 해골과 함께 누워
햇살 같은 새소리로 배부르다

새소리에는 이제 뼈가 씹힌다
나의 나이에도 뼈가 씹힌다
나의 어머니와 동생, 나의 피와 살이 뼈가 되고
나는 나의 해골을 간신히 물살로 떠받들고
오늘 서울서 자동차로 내려왔다

물과 돌의 고향 화순 청풍에 오면

물이 돌이 되고 돌이 물이 된다
어쩌면 우리는 물, 물이 고인 돌, 구름으로 쌈한 고인돌
자, 여기 그냥 드러누워, 자네도 한입 들어 볼랑가?

CULEBRA

La vejez no es un trueno, es una culebra
que pasa sigilosamente el fuerte de la juventud
y ya está en el pleno interior del patio íntimo
del hoy en que quisiera vivir con más ímpetu que nunca

El año 2013 es el año de la serpiente según el horóscopo
Esta me dice sin ton ni son que tengo 70 años
Y lo repito por mi boca sin temor
Veo serpentear por mi frente unas huellas de la culebra
cubriendo de paso mis mejillas con las pecas o las sombras de la muerte.

Ayer o anteayer resbalé sobre la nieve donde solía pasear
Se me rompió un huesillo del tobillo: me han dado el castigo de culebrear a cuatro patas durante tres meses

(aunque me presumo de andar con cinco patas con la pata de en medio, incluida, jaja...)

Todo el mundo se ríe, diciendo: "El Gran Min se ha hecho ya casi estatua, jajaja...."

Ahora he aprendido mucho conviviendo con la culebra:

La culebra no era un trueno ni una cosa de horror:
La culebra
ha vivido y vive siempre escondida entre las vigas de mi casa
comiendo mis huevos de los pájaros, matando a mis ratones….

Es verdad, No hay por qué temer:
La culebra es la parte de mi casa
como la muerte es la parte de mi vivir

구렁이

늙음은 날벼락이나 담벼락이 아니다
능구렁이 담 넘어가듯 늙음은
집 주위를 어슬렁거리다가
쥐도 새도 모르게 벽을 넘어와
안방을 들여다본다

2013년이 뱀의 해라지만 뱀 앞에서
내 나이 일흔이라는 말이 밥 먹듯
밥알처럼 튀어나오고 왼 눈 밑에 검버섯
오른 눈 아래 죽은깨인지 주근깨인지 진을 치고
이마 위에 구렁이가 긴 자취를 남기며 기어간다

엊그제는 고덕산을 내려오다 눈길에 잠깐 미끄러진 것이
오른발 복사뼈 옆 작은 뼈 하나가 부서졌다
"천하의 민용태도 늙으니 별 볼일 없구먼!" 별별 소리 다 들으며
석 달 동안을 구렁이 되어 기어다닌다
온몸으로, 네 다리로 (나는 가운뎃다리까지 다섯 다리라고 우기지만…)

자의반 타의반 구렁이와 살며 느낀 것은
보기만 해도 징그러워 소름 끼치던 구렁이가
사실은 날벼락이나 담벼락에 사는 게 아니라는 사실
요놈은 벌써부터 우리 집의 서까래나 처마 밑에 숨어 살다
봄에는 새알, 여름에는 쥐, 가을에는 가을을 잡아먹어

그렇다, 무서워 할 것 없다
구렁이는 우리 집의 일부다
죽음이 삶의 일부이듯

SECRETO DEL GENERAL

Yo no quisisera esribir un buen poema
porque tengo miedo
como tuviera miedo
de enamorarme de una chica verdaderamente buena.
Si Dios me ve escribir un buen poema
y cree que está bien hecho
dirá que ya está bien
y es muy probable que me llame a su lado
cosa que no me gustaría demasiado

A mí me gustaría conocer al poeta
si leo algún buen poema suyo
y tamariamos juntos una copa
hablando de esta vida de tristeza eterna
de los amores siempre yertos,yermos después de años
Sin embargo,vivir es un acto heróico
porque todos somos un cuerpo suicida
por el mero hecho de vivir,cargados de la muerte

El general deja su espada y saca
su vida de cada instante como escudo

La guerra ya está perdida
Y el general espera encontrar a una chica mañana
porque ha quedado con Luci, o Carmen o Mari...
de cuyo nombre no quiero acordarme
en el Portal del Belén, o en la Estación de Atocha o de Seúl
a las 18 horas mens 5
Lo demás es el secreto que nunca revelaría
hasta el fin del mundo

장군의 비밀

좋은 시를 쓰기가 나는 겁이 난다
정말 좋은 여자를 만나기가 겁이 나듯이
신이 나의 시를 보고 있다가
"정말 좋은 시다!" 싶으면
그의 곁으로 나를 부르기가 쉽다
이건 정말 재미없는 일!

나도 좋은 시를 보면
시인을 만나고 싶다.
시인을 만나서 술도 한 잔 하고
사실 시를 쓰지 않아도 좋을 삶을
시를 써서 더욱 슬픈 삶을
이야기하다 울고 만다

산다는 것은
죽는다는 사실만으로도 영웅행위다
우리 모두는 한 마디로 결사대.
더구나 삶에 대하여 시를 쓴다는 것은
코스모스보다 허리가 아픈 웃음이다
시를 써서 3천년을 숨 쉬는 사람은 없다

장군은 칼을 놓는다

이야기는 딱 하나 있다.
아직도 내일이 기다려지는 일
이름이 이 필녀라든가 화성이라든가 금성녀?
어떻든 그 여자 하나를 어디서 만나기로 했다
밤 23시 반에…. 어느 별똥별이 지금 지구와 충돌해도
이 이상은 절대 비밀!

MI EDAD

Mi edad ha pasado mi estatura.
Peso más que yo mismo
porque mi muerte pesa más que mi vida.

Cada vez gano menos de lo que debo.
Cada vez encuentro más estrechos
mi carro, mi piso y mis espaldas.

"Érase una vez, que yo tenía un año,
un cuerpo y un libro.
Mañana cumpliré cincuenta y un años."

Mi carro de mudanza pesa cada vez más.
Ahora sé por qué todos los muertos se encuentran bajo tierra.

나의 나이

나의 나이가 나의 키를 넘었다
나의 무게가 나를 넘었다
나의 죽음이 나의 삶보다 무겁다

날마다 수입은 줄어들고
내 아파트도 차도 어깨도
날마다 좁아진다

나도 한때는 한 살이었지
몸 하나, 책 하나
내일은 70 고개를 넘는다

이삿짐은 날이 갈수록 무거워지고
이제 아주 무거운 짐들이 땅 밑에 깔려 있다

ANDAN LAS LETRAS

Entre una pregunta y un punto final
andan las letras.
Caminan las hormigas
hacia no sé dónde, ni a qué.
Las hormigas son, cada una, signos
interrogativos;
responden a una pregunta con otra pregunta
y así, forman una sucesión hormigueante
que empina mi animal.

¿A dónde avanzan, a casa o a la tumba?
Sin palabras,
las letras o las hormigas caminan
camino de fuego ciego.

글자가 간다

물음표와 마침표 사이
글자가 간다
개미들이 기어간다
어딘가, 무언가 하러
개미들은 하나 하나 물음표
하나의 물음에 다른 물음으로 답하며
그렇게 해서 하나의 개미줄을 만든다
나라는 동물을 쌓는다

개미들은 어디를 가는걸까, 집일까, 무덤일까
말이 없다
글자가 개미가 간다
눈먼 불 개미의 길

CONDENADO A LA PENA DE FUEGO

Yo escribo para testimoniar que estoy viviendo.
No se puede decir que yo no soy nadie
por no llevar conmigo mi carnet de indentidad,
No se puede probar que yo no estoy vivo
por no poder probar que yo no estoy muerto.

No es asunto mío esto de estar continuamente
condenado a la pena de fuego
amando y escrbiendo como loco
en el ordenador encendido toda la noche.
Las cenizas caen en las hojas de pepel o del árobol
porque hay polvo y viento y sueño que dura más que el mármol.

Yo no escribo para esculpir mi vivir en el mármol.
Escrbo para el viento y la marea y la lluvia
compañeros de mi aire y mi respiración y mi fuego
:cada momento me siento más cerca del quemadero
como los rocíos en la rosa.

화장터의 노래

나는 내가 살아있음을 증명한다
주민등록증이 없는 것이 내가 없는 것이 아니듯
내가 살아있음을 증명하지 못하는 것이
내가 살아있지 않음을 증명하지 못한다
이 화장터에 내가 없는 것은 내 일이 아니다
내 일이 아닌 것이 내일이 될 수 없듯이
한밤중 불붙은 이 컴퓨터 속의 글씨가
나를 불사르고 재가 되어, 내일 내 일을 망칠 수는 없다

나는 내가 살아있음을 증명하기 위해 시를 쓴다
순간순간 불구덩이 앞에 와 있음을 느낀다
나 지금 떨고 있니?
새 아침 이슬 머금은 장미처럼?

LLUVIAS COMO ESPADAS

Las lluvias de junio son como espadas
espadas plantadas de pronto en el bosque de bambú.
Mirad cómo susurran las esmeraldas
construyendo una almena de transparencia.

La lluvia de junio no duerme.
En la madrugada, sale del castillo
para preguntar a los que van al trabajo
si llevan trajes lavados.
Ruegan que escriban en la frente
todas las sílabas lavadas que les dictan.
Y nos amenazan con su castigo de trescientos sesenta días de tos
y de trabajo rutinario.
Es cierto que primero me han preguntado cómo estoy
acariciando mis manos. (La verdad, no me gustaría confesar
que antes me han dado unas bofetadas...)

Parece que la tía cree que el vivir consiste en contar sus
pasos limpios.
Dice que el vivir consiste en no pisar el vacío ni caer en la chimenea.
Le digo que mido un metro setenta y uno
y me contesta que me haría crecer hasta el cielo.
Insisto que hoy tengo prisa, mucho trabajo
y me dice que su cuento va a ser corto y claro, pegándome en la frente,
que la lluvia de hoy ya no es la lluvia de ayer.

La lluvia de junio cae como espadas.
Derrumban todos los muros y zapatos
y plantan bambú en todos los pavimentos.
En la lluvia se ve a veces
una espada celeste o bambú de cincuenta años luz de altura.

6월의 비는 창대 같다

6월의 비는 창대같이 쏟아진다
6월의 비는 참대를 심는다
댓이파리가 뽀얗게 흩날린다
파란 아우성이 성을 쌓는다
묵은 기왓장을 닦으며
비는 하루종일 성을 쌓고
참대를 심는다

6월의 비는 밤새도록 잠도 안 자고
아침 출근길에 나와 지우산이라도 있느냐고 묻는다
아무 종이 같은 데라도 자기 말을 받아쓰라고 한다
비는 은근히 내 안부를 묻는다
옛친구처럼 문득 악수를 청하며
내 손을 어루만져준다
(나는 구태여 내 따귀를 때린 일을 말하고 싶지 않다)

놈은 역사가 자신의 발자국이라고 생각하는 모양이다
허공을 걷지 않는 게 살아있는 거라고 귀띔을 한다
내가 키가 1미터 69라니까
놈은 웃으면서 내 키를 9만 장천까지 늘려주겠다고 한다
나는 오늘 일이 많다고 긴 이야기는 다음으로 미루자고 한다
놈은 긴 이야기가 아니라고
내 이마를 친다
어제의 비는 오늘의 비가 아니라고
비는 빗방울이라고

6월의 비는 창대같이 쏟아진다
6월의 비는 참대를 심는다
묵은 담장을 허물고
나를 아우르며 으르렁대며
파란 아우성으로 성을 쌓는다
사방에 죽순이 솟아난다
죽순 사이 9만 장천의 키 큰 참대나무도 보인다

GORRIÓN

Los gorriones no son pájaros:
hojas
brotadas como tos
en el árbol desnudo del invierno.

Más que hojas,
son unos terrones sueltos
en el arado
como las notas dormidas
en el pentagrama.

No es fácil coger los gorriones
porque son breves, leves, libres
y porque suelen encontrarse
o en el final o en el principio de un camino.

No es fácil dar en el blanco
porque suelen ser pardos
y porque, más que nada, por ser tan breves
no caben en nuestra puntería, buscadora
siempre de lo grande y lo importante y lo establecido.

참새

참새는 새가 아니다
이파리다
앙상한 겨울 나뭇가지
기침소리처럼 피어난
이파리 몇 낱

이파리라기보다는
보리밭 이랑에 흩어진
거름덩이 흙덩이
같은 사랑 노래

참사랑은
참새처럼
아무데나 아무렇게나
널려 있다
열려 있다

아무나 참새를 잘 잡지 못 하는 것은
그것이 처음이나 맨 끝에 있어
큰 것만 노리는 우리 가늠쇠에
잘 들어오지 않기 때문

CASA ENCENDIDA

Si me preguntas en dónde he estada,
debo decir: En mi habitación.
Si me preguntas dónde estoy,
me acerco aún más a tu oído
para decir: ¡Aquí!
Si te pregunto a qué has venido,
tú contestarás: A nada.
Si insisto en que me contestes,
tratas de explicar algo:
la primavera, la niebla, o hablas
de un viento fresco o, de pronto,
algún deseo callado de volar...
Y, ¿qué buen viento te ha traído
hasta aquí?
No veo nada. Es de noche,
Pero, di, di, mi cielo,
por qué hay una casa encendida
en esta oscuridad desierta
y en ella, un niño entre nosotros
despertando en vano nuestro sueño.

불 켜진 창

"그동안 어디 계셨어요?"
네가 내게 물으면
내가 대답하겠지 "내 방에"
"그럼 지금은 어디 계세요"
네가 물으면
난 네 귓바퀴에 더욱 다가가
"여기!"

"네가 어떻게 여기 있지?"
내가 물으면, 너는 대답하지
"그냥…"
자꾸 대답 좀 하라고 내가 다그치면
너는 뭔가 설명을 하려고 하지
가령 봄이라든가 안개라든가 바람…
아니면 문득 나가고 싶은 마음
날아가고 싶은

무슨 구름이 너를 여기까지 데려왔니?
여긴 밤이야. 아무것도 보이지 않아
이 어둠 속에 불 켜진 창 하나
그 속에서 부질없이 우리의 꿈을 깨우는
우리 아기 울음소리

MARIPOSA, MARIPOSA, ¿QUÉ HAGO YO CON TUS ALAS?

OH bella, la mitad de tu cuerpo es el agua
el resto, la roca;
Un arrecife que rehúsa continuamente mi acercamiento,
un naufragio que me llama irresistiblemente
a través de sus olas, con sonrisas mil, cantos mil...
Marinero, marinero, ¿qué hago yo
con estas sirenas innumerables?

Amar a la mar
en la mar me pierdo
y mi amor es tanto
que toda la mar es ya espuma.
Jardinero de la mar, ¿qué hago yo
con tantos azahares del agua?

¿Qué hago yo con tantos pétalos?
¿Qué hago yo con tantos labios?
Mariposa, mariposa, ¿qué hago yo
con tanta miel? ¿Qué hago yo
al fin con tantas muertes?

너는

너는 무슨 하늘로 벼린 가슴이기에
나를 이토록 가득 채우는가
너는 무슨 이슬로 빚은 술이기에
나를 이토록 취하게 하는가
너는 무슨 고요로 짠 숨결이기에
안으로 안으로 파고 드는가
너는 무슨 꽃잎으로 만든 떡이기에
먹어도 먹어도 배고픈가
너는 오는가 가는가
너는 무슨 꿈결로 온 나비이기에
붙잡아도 붙잡아도 날아갈 것 같은가
너는 무슨 인어공주의 노래이기에
나는 이토록 너의 바다에 침몰하고 싶은가

SOLO ERES TÚ A QUIEN AMO

Hay más estrellas que tú.
Hay más flores que tú.
Hay más peces que tú.
Pero sólo eres tú a quien amo.

No por las estrellas de tus ojos.
No por las rosas de tus labios.
No por las peces de tu cintura.
Pero sólo eres tú a quien amo.

Conocí el cielo.
Conocí la tierra.
Conocí el mar.
Pero después de conocerte
vi cómo todo el universo cabía
solamente en el corazón de una caracola.

Cuandoi hablo de la belleza
no hablo más que de ti.
Cuando hablo del amor
no hablo más que de ti.
Cuando hablo de mí
no hablo más que de ti

너만이 내가 사랑하는 사람

하늘에 별들은 너보다 많아
땅에 꽃들은 너보다 많아
물에 물고기는 너보다 많아
하지만 너만이 내가 사랑하는 사람

네 눈에 그 많은 별들 때문은 아냐
네 입술의 그 장미꽃 이파리 때문은 아냐
네 허리의 그 많은 물고기 때문은 아냐
하지만 너만이 내가 사랑하는 사람

하늘은 보았지. 땅을 보았어
바다를 가보았지
하지만 너를 알고부터 나는
온 우주가 소라의 작은 가슴 속에 있는 걸 발견했어

이제 아름다움이 뭐냐고 물으면
난 네 이야기 밖에 할 이야기가 없어
사랑이 뭐냐고 물으면
난 네 이야기 밖에 할 이야기가 없어
내가 뭐냐고 물으면
난 네 이야기 밖에 할 이야기가 없어

HAY NOCHES...

Hay noches que quisiera ser solamente una brisa para tu cabellera. Necesitaré de muy poco, ni una casita siquiera. Dormiré en el aire y esperaré. Cuando salgas de paseo, te alcanzaré de un salto. Pero no te preocupes: yo no hablaré nada. En tus cabellos, no seré más que otro cabello que te acompaña, o tal vez, tu leve pensar primaveral.

Hay noches que quisiera ser solamente un grillo para tu oído. Necesitaré de muy poco, un poco de rocíos y un tallo breve de alguna hierba donde apoyar mi otro pie. No te pido que salgas a ver la luna; sólo te pido tu ventana,
ventana encendida del silencio ardiente.

Hay noches que quisiera ser solamente una noche para tu noche.
Necesitaré de muy poco, o casi nada. A ti te basta con apagar
la luz y a mí, sólo con cerrar los ojos. Entre tu noche
y la mía se tenderá una vía láctea y en vez de ti, en vez de
mí, hablarán, hablarán las estrellas nuestro amor.

한밤의 사랑

모두 버리고 당신 머리칼에 매달린 작은 바람이 되고 싶은 밤이 있습니다. 뭐 따로 갖출 게 있겠습니까. 아무데나 자다가, 당신이 산보를 나오시면 달려가지요. 하지만 걱정은 마세요. 난 아무 말도 안 할게요. 난 당신 머리칼에 붙은 또 하나의 머리칼. 어쩌면 당신의 가벼운 봄 마음.

모두 버리고 당신 귀를 위한 귀뚜라미가 되고 싶은 밤이 있습니다. 뭐 따로 갖출 게 있겠습니까. 이슬 조금 하고 나의 왼발을 걸칠 풀줄기 하나. 달이 아무리 밝아도, 굳이 달구경 나오시라는 소리는 않겠습니다. 거기 불타는 고요, 창문 하나만 밝혀 두세요.

모두 버리고 오직 당신 밤을 위한 작은 밤이 되고 싶은 밤이 있습니다. 뭐 따로 갖출 게 있겠습니까. 당신은 불을 끄시고 저는 눈을 감지요. 이윽고 당신 밤과 나의 밤사이 은하수가 놓이고, 당신 대신, 내 대신, 저 많은 별들이 우리의 사랑을 노래하리다.

EL AMOR, UN RÍO

YA no te quiero.
El amor es algo que viene y va.
Amar es despedirte continuamente
de lo tuyo, de ti mismo.
Soledad de un banco
en la orilla del río.

Ya no te quiero.
Sólo mis ojos preguntan por ti.
Mis ojos me abandonan
te buscan a ti en el río.
Ay, cómo se caen las estrellas en el agua.
Toda la noche me duelan las estrellas.

사랑은 강물

이젠 널 사랑하지 않아
사랑은 오가는 강물
사랑한다는 것은 끝없이 떠난다는 것
너의 것으로부터, 너 자신으로부터
강가에 홀로 앉은
벤치의 고독

이젠 널 사랑하지 않아
눈동자만이 너를 찾아
나를 버리고 너를 찾아
강물 속에 너를 찾는데
아, 끝없이 물 위에 지는 한 많은 별들이여
밤새도록 나는 별이 아파, 별들이 아파

RENDIJA

En una redija
entre el corazón que te ama
y el corazón que me ama
descubrí mi yo

Metí mi yo
por la rendija
cuando desapareciste tú
donde desparecí yo

Y apareció de pronto
una alondra roja
en lo alto del surtidor

틈

내가 너를 보고 싶을 때
네가 나를 보고 싶을 때
그 보고 싶은 틈 사이 "나"를 발견했지

너의 틈으로
"나"를 밀어 넣었지
"나"는 사라지고

너도 없고
나도 없는, 분수 위
빨간 별똥별 하나

TEATRO DEL TIEMPO

INVENTO un teatro.
Invento una escalera de mil relámpagos
y allí arriba, suelto un trueno para el cielo y la tierra:
Te quiero, que sí, que te quiero, mi vida.
O igual digo: Adiós, adiós, para siempre, mi amor.

O mejor, inventas tú.
Inventa primero una razón convincente
para nuestro encuentro y otra para nuestra despedida.
Así, inventas una tragicomedia en tres actos.
Un mar de furias y un naufragio
y muchos llantos, sobre todo, muchos llantos.

O inventemos un teatro real, realista
para tu amor confortable y para mi inercia.
Dejar que apunte la secretaria
la hora, el lugar y las veces que nos vimos
y decir que no se olvide de poner como posdata
que nos amamos mucho

que nos hicimos muchos amores y punto.

O si quieres, puedes inventar una herida en el cielo
y la sangre y la lluvia interminable
y unos cuchillos locos en el vacío
intentando cortar la hilera de los diminutos ríos verticales.

Todo es igual. El acto final consistirá
en que todo sea devorado por los cocodrilos lentos
en el abismo del tiempo.

사랑 연극

연극을 하세
천 개의 번갯불로 계단을 놓고
그 위에 올라서 천둥을 부르지
사랑해! 사랑해! 사랑해!
한다든지
잘 가, 잘 가, 잘 가, 아듀우….

아니면 이건 어때?
자기와 내가 어떻게 만나야 했고
또 어떻게 헤어져야 했는지를
희비극 3장으로 만들어 봐
죽도록 사랑하다 세상 풍파에 무너진
눈물의 사랑 이야기
그리고 쥐어짜야지, 통곡, 통곡, 통곡…

그보다 더욱 현실적인
실생활에 맞는 사랑을 할까?
예를 들면, 아무 문제도 없는 정부 하나와
틈나는 대로 의사 왕진처럼 주사 넣고 오는 사랑과

그보다도, 혹시 잊어버릴 수 있으니
비서더러 적어 두라고 해야지
서로가 만나 시간과 모텔과 핸드폰 번호와…
그리고 그 밑에 (　)를 치고
우리는 너무나 사랑했고, 죽도록 사랑했고
가끔씩 콘돔이나 비아그라 빼놓고는 아무 문제도 없었다는 점 명시하도록

아니면 하늘에 그냥 뻥 구멍이 뚫렸다고 해도 좋아
거기 끝없이 쏟아지는
빗방울 핏방울을 집어넣고
그리고 그 비와 홍수를 막고 자르러 덤비는
미치광이 칼춤….

결론은 모두 마찬가지
마지막은 시간의 심연 속
그 느릿한 악어 떼들의 밥이 되는 장면.

NUEZ, AQUELLA CÁSCARA SÓLIDA DE SOLEDAD

EL otoño llega primero a las puntas de los dedos del
(caminante
cuando palpas allí de pronto un pedazo del vacío.
En el otoño, parece que todos tienen prisa para marcharse.
A las hojas les nacen de repente las alas
mientras los zapatos escuchan el gemido de los tiempos caídos.
No hay remedio: los árboles pierden poco a poco las palabras
doblan definitivamente sus parasoles
y se recogen en un rincón, con las manos en el bolsillo.
Junto a ellos, yo también soy un árbol.
En mi bolsillo, siento, ya no un vacío
sino una nuez, aquella, cáscara sólida de soledad.

호두알, 혹은 딱딱한 고독의 껍질

고독은 맨 먼저 길손의 손가락 끝에 온다
거기 문득 한 줌 허공이 손에 잡힌다
가을에는 모두 떠날 준비가 되어 있는 것 같다
이파리에 갑자기 날개가 돋고
구두는 떨어진 시간의 신음소리를 듣는다
별수 없다. 나무들도 조금씩 말을 잃고
마침내 양산을 접고
길가 한 구석으로 물러난다
손을 호주머니에 꽂고.
거기 서며 나 또한 한 그루 나무
내 주머니에는 허공 대신
호도알 하나 잡힌다
마지막 딱딱한 고독의 껍질

ESMERALDA

Cielo hartamente azul.
La flora, de puntillas.
La fuente sigue con sus saltitos
mortales,
y de tarde en tarde,
un arco iris.

Esperabas, o no esperabas.
O mejor, es la costumbre.
Sales,
vuelves,
y un buzón
vacío, vagamente azul.

Silencio puntualmente cumplido:
lunes, martes, jueves...
Estás deseando,
de pronto, un incendio
en que se consuma todo
a gritos.

Sin embargo, es de sorpresa
la muerte,
sobre todo cuando no has visto volver a tu mañana.
Lo que ocurre
es que nos olvidamos, por lo tanto,
de que no habíamos quedado en nada.

Aquel día que quemamos al fin tu cadáver
recogimos un hueso raro del resto de tu vida.
No pudimos llorar,
porque era la pierda, no la lágrima.
Una pieza de esmeralda azul
rodando en la ceniza
como la mañana en el hoy.

에메랄드

하늘은 지겹도록 푸르다
풀들은 곧추 발
분수는 죽도록 공중제비 넘기
때때로 무지개가 선다

기다렸지. 차라리 기다리지 않았지.
차라리 그것은 습관이니까
나가고
들어오고
편지함은 뜻도 없이 파랗고

날마다 침묵은 정확하다
월 화 목 금 토….
너는 문득 온 세상이
확 소리치며 한꺼번에 불타오르는
꿈을 꾼다

그러나 사랑하는 사람의 죽음은
항상 뜻밖이다
특히 내일이 네 일로 돌아오는 것을

보지 못했으니까
그러니까 말하자면 너는 애초에
아무와도 아무 약속이 없는 것을 잊어버렸던 것

마침내 그날 너의 시체를 화장하던 날,
너의 재에서 나온 이상한 뼈 하나를 발견했지.
돌이 아니었지. 눈물방울이 아니었어
파란 에메랄드 하나 재속에서 뒹굴고 있었어
오늘 속에 떨어진 내일처럼

ACRÓBATA

Mi camino está en el vacío.
Mis pies, sobre la muerte.
Mi vida, una pompa de jabón
que mi niño ha elevado hasta la altura de 70 años-luz
altura de mi gloria y mi miedo.
Mis pies y mis manos pintan el vacío
garabatean.
En sus pinturas vivió, murió, resucitó varias veces.

곡예사

내 길은 허공에 있다
내 발은 죽음 위에
내 목숨은 하나의 비눗방울
내 아이가 70 광년의 높이까지 불어 올린
나의 영광과 공포의 아득한 높이
나의 발과 나의 손은 허공을 그린다
네발 세발
그 그림 속에서 나는 살고 죽고 몇 번이고 부활했지

ÁMA A TÍ MISMO

- Al BTS

Ama a tí mismo
Porque eres tú, yo,es lo msimo
porque el corazón lo tengo yo,igual que el tuyo
lleno de la música del mundo y de nunca.
Es que no soy yo el de la carnet de identidad ciudadana
sino del planeta azul que se ve desde la luna llena
Y somos tan azules que el oceano nos llama sus compatriotas
Y es verdad:nos vemos cuando se ven tantas olas y clamores y vosotros
cuando cantamos,y no me siento yo entonces
sino una ola entre tantas, o un oceano mismo.

Ama a tí mismo,
Amame a mí,es lo mismo
porque te veo siempre a tí en mí mismo

자기 자신을 사랑해

- 방탄 소년단에게

자기 자신을 사랑해
네가 나니까, 나 너 하나야
너도 가슴이고 나도 가슴
음악과 영원, 불가능이 춤추는
불가능이 어딨어… 난 주민 등록증이 아냐!
난 파란 별에서 보는 대서양
그러니까 그건 맞아, 너희들이 무대에서 춤추면
국적과 인종이 바닐라 아이스크림
너무 신선하고 신성해서
하늘 보고 바다 보고 운다

너 자신을 사랑해
바다 하늘을 사랑해
네게 하늘이 보여!

A TI

-¿Quién que es poeta, no es poeta del amor?

Estás tocando mi cuerpo
cuando lees mi poema
Esta pantalla no es amar, sin embargo
mis dedos están tocando tus ojos y tu cuerpo
Y me sientes en el texto o en el tejido en que te escribo
El texto no es mi piel ni la piel de nadie
Pero me sientes como en el teléfono.
El teléfono no es querer, sin embargo
mis labios tocan tus caracoles del oído
Soy yo el que te toca, que te ama.
Tiéndete junto a la voz de mi alondra
Sueña conmigo junto a mi distancia
Soy yo el que te toca, que te ama
Es verdad que el teléfono se puede caer a veces
igual que caen las hojas del árbol o del poemario
mientras la alondra canta sola en lo alto del vacío
Mas no creas que no te toco, no te amo.
El cuerpo es siempre irreal
el cuerpo del poema es el cuerpo presente caliente

Ahora, ¿no te amaría yo si te murieras lejos?
¿No me amarías tú, si me muriera antes?
La lectura es siempre el crepúsculo
Arde más la distancia enamorada en el crepúsculo
No me oigas desde lejos, no toques mi cuerpo en el ayer
Déjame tocar ahora tus caracoles del oído
Déjame seguir... nuestro amor es tristemente inmortal.

너에게

- 시인치고 사랑의 시인 아닌 시인 있는가?

너는 나의 몸을 만진다
나의 시를 읽으며
이 컴퓨터 자막에서는 사랑할 수 없어. 하지만
나의 손가락은 너의 귓바퀴를 만지고 있어
너는 내 가슴을 느껴, 내 살결을 느껴
이 글자, 이 무늬가 살결은 아니지만…
전화는 사랑하지 않지만
내 입술은 네 귀의 소라껍질을 만져
너를 만지는 건 나야, 너를 사랑해
너도 누워, 나의 종달새 곁에
사실 컴퓨터도 전화기도 가끔 꺼져, 떨어져.
낙엽이 지듯 시집이 떨어지듯
종달새만 높이서 우지짖지
옹달샘만 높이 솟구치지
하지만 지금 내가 너를 만지고 있어. 너를 사랑하고 있어
몸은 항상 꿈이야
시의 몸은 항상 여기 있는 따스한 시체
내가 멀리서 죽는다고 날 사랑하지 않겠어?
내가 먼저 죽는다고 날 사랑하지 않겠어
시 읽기는 항상 황혼 놀이. 노을을 봐
황혼 속에 모든 시공의 거리는 사랑으로 불타올라

내 목소리를 멀리서 듣지 마.
내 몸을 어디에서 만지지 마
지금 내가 네 귀의 소라껍질을 만지고 있어
이대로 만지게 해줘… 우리 사랑은 이렇게 슬프도록
영원한 걸

POEMAS DE YONG-TAE MIN

민용태 시선

초판발행 2019년 10월 25일

지은이 민용태
펴낸이 박명순
펴낸곳 도서출판 문학시티

등 록 제22-2311호
등록일 2003년 2월 25일
주 소 서울시 중구 창경궁로 1길 29 (3F)
전 화 031)717-2549
팩 스 031)718-2549
이메일 munhakmedia@hanmail.net
yongtaemin@hanmail.net (poeta)
제작 · 공급처 정은출판 (02)2272-9280

ISBN 978-89-91733-64-0